C'est par ici!

Heather M. O'Connor

Illustrations de
Claudia Dávila

Texte français de
Isabelle Allard

SCHOLASTIC

Catalogage avant publication de Bibliothèque et Archives Canada

Titre: C'est par ici! / Heather M. O'Connor ; illustrations par Claudia Dávila ;
texte français de Isabelle Allard.
Autres titres: Friends find a way! Français
Noms: O'Connor, Heather, 1960- auteur. | Dávila, Claudia, illustrateur.
Description: Mention de collection: Amis instantanés | Traduction de :
Friends find a way!
Identifiants: Canadiana 20220454671 | ISBN 9781443193887
(couverture souple)
Vedettes-matière: RVM: Amitié—Ouvrages pour la jeunesse. | RVM:
Communication interpersonnelle—
Ouvrages pour la jeunesse. | RVM: Communication non verbale chez l'enfant—
Ouvrages pour la jeunesse.
Classification: LCC HM1161 .O26514 2023 | CDD j302.34083—dc23

Édition publiée par les Éditions Scholastic, 604, rue King Ouest, Toronto
(Ontario) M5V 1E1, Canada.

5 4 3 2 1   Imprimé en Chine 62   23 24 25 26 27

À mes enfants. Nous sommes allés au
zoo de Toronto si souvent que vous ne
pourriez jamais oublier le chemin.
— H. O.

Pour Michael, Tito et Yoyo, qui rendent
toujours le trajet excitant.
— C. D.

Suze et Tyson font tout ensemble.
Ils s'assoient ensemble.
Ils lisent ensemble.
Ils jouent ensemble.

À la récréation, ils filent
à travers la cour de l'école
à toute vitesse. Ils s'amusent
tellement que parfois,
Tyson ne remarque pas
qu'il est temps de rentrer.
L'enseignant est toujours en
train de lui dire :
— Fais attention, Tyson!

Un jour, l'enseignant annonce qu'il y aura une sortie au zoo.

Lorsqu'il demande aux élèves :
— Quels animaux vivent au zoo?
Tyson lève aussitôt la main.
— Des guépards! Hein, Suze? Et des antilopes. Et des faucons!
— Des loutres! s'écrie Lisa.
— Des grizzlis, dit Raf.
— Des girafes! lance Krisha.

8

Après le dîner, Suze et Tyson
feuillettent leur livre préféré, qui parle
des animaux les plus rapides.

— Quel animal aimerais-tu voir?
demande Tyson.

Suze montre le guépard.

— Moi aussi, dit Tyson.

Le jour de la sortie, l'enseignant dit
aux élèves de se mettre deux par deux.
Tyson se précipite vers Suze.

— Restez ensemble, dit l'enseignant. Et ne vous éloignez pas du groupe.

Il y a un plan du zoo et des écriteaux qui indiquent où sont les animaux. Suze adore les cartes!

— Qu'est-ce que tu aimerais voir en premier, Suze? demande Tyson.

Elle désigne le guépard.

— Moi aussi! dit son ami.

— Allons voir les loutres, dit l'enseignant. Lisa, peux-tu nous montrer le chemin?

Lisa suit les écriteaux
jusqu'aux loutres.
Les loutres glissent
dans l'eau, jouent et
s'éclaboussent.

15

— Maintenant, allons voir les grizzlis, dit l'enseignant. Raf, tu nous montres le chemin?

Raf conduit le groupe vers
les grizzlis, qui sont étendus
sur le dos au soleil.

17

— C'est le moment d'aller voir les guépards, dit l'enseignant.

— Enfin! s'écrie Tyson. Montre-nous le chemin, Suze!

Ils filent dans l'allée à toute vitesse.
— Tu vas trop vite, Tyson! lance
l'enseignant. Attends le reste du
groupe!

Les petits guépards s'amusent. Ils sautent
dans les feuilles, bondissent et se chamaillent.

Ils se pourchassent à toute vitesse.
Suze et Tyson rient en les regardant.

— Peux-tu nous montrer où sont les girafes, Krisha? demande l'enseignant.

Krisha conduit le groupe en haut de la colline, où se trouvent les girafes.

Suze la voit partir.

Mais Tyson ne la voit pas. Il regarde les guépards jouer à cache-cache.

Quand il se retourne, la classe n'est plus là.

— Oh non! dit-il.

Tyson et Suze filent
dans une direction.

Ils filent dans l'autre direction.

Tyson ne sait pas de quel côté
la classe est allée.

Mais Suze le sait, et
elle tapote le plan.

27

— On passe à la vitesse guépard, Suze!

Suze et Tyson montent la colline à toute vitesse.

Ils filent sur le sentier et prennent les virages sans ralentir.

Puis Tyson, Suze et
leurs camarades entendent
l'enseignant dire une chose
qu'il n'avait jamais dite
avant :

— Dépêche-toi, Tyson!

Tyson ne se le fait pas dire deux fois!